カナダ現代戯曲選

East of Berlin
ベルリンの東

ハナ・モスコヴィッチ
吉原豊司 訳

彩流社

Published in Japan, 2015 by SAIRYUSHA, Tokyo.

Canada Council for the Arts Conseil des arts du Canada

We acknowledge the support of the Canada Council for the Arts for this translation.

目次

「ベルリンの東」　ハナ・モスコヴィッチ　5

元ナチ高官を父に持つ若者と、アウシュヴィッツ生き残り組を母に持つユダヤ人女性との行き場のない恋。ホロコーストが当事者世代のみならず、その息子・娘の世代にまで大きな影を落としている様を活写したカナダ演劇の最新傑作。

上演時間一時間半。登場人物、男二人、女一人。原題“East of Berlin”

訳者あとがき　吉原 豊司　122

カナダ現代戯曲選

ベルリンの東

"East of Berlin" by Hannah Moscovitch

ハナ・モスコヴィッチ
吉原豊司 訳

場所　パラグアイ

時　一九七〇年

登場人物

ルディ

ヘルマン

サラ

かすかな明かりがルディを照らし出す。
パラグアイはアスンシオン[*1]という町にある住宅。
ルディが立っているのは、父親の書斎《しょさい》の前。
たった今、到着したところ。
タバコに火をつけようとするが、手が震えていて上手《うま》くつかない。
手を休めて、深呼吸する。
もう一度タバコに火をつけようとする。
今度は上手くつく。
深く一服《いっぷく》して、客席を見る。

ルディ　昔、このパラグアイに住んでた頃はよく吸いました。身体《からだ》に悪いとは知りながらね。帰ってきたからには、また、昔の習慣に戻ろうってわけです。

一拍。

ルディ　私、ここで育ったんです。この、憎《に》っくきパラグアイで。

一拍。

ルディ　空港の税関吏《ぜいかんり》、指に絆創膏《ばんそうこう》を巻いてました。血と膿《うみ》で汚れた絆創膏。ヤツが荷物を検査している間、私は、なぜか、その汚い指ばかり見てました。それに、くわえタバコ。灰がスーツケースん中に落ちるんじゃないかって心配で……

一拍。

ルディ　私は長いことこの地を離れていました。ドイツにいたんです。だからでしょうね、そんなことがやたら気になるのは。

一拍。

ルディ　（タバコを見て）空港で買ったんです。なんとも、うまい。

一拍。

ルディ　パラグアイに住んでた頃は、日に三箱吸ってました。なぜか気が休まるんでね。今は違います。吸うのは、誰かが死んだとか、生まれたとか、人生に大きなパラダイム・シフトがあったときだけ。うん、セックスの後にも……放蕩《ほうとう》息子のパラグアイご帰還《きかん》ってわけです。いや、私、ここで生まれたってわけじゃないんです。どう見たって、ラテンアメリカ系の顔じゃないでしょ？

一拍。

ルディ　生まれたのは一九四五年、ベルリンの小さな病院でです。そう、父が負け戦《いくさ》を戦ってたときです。

ルディ、一服吸い込み、客席を見る。

ルディ　そうなんです。結局父は戦争に負けて……ドイツから……

一拍。

ルディ　タバコ、どうです？

一拍。

ルディ　納得するまで、時間がかかるでしょうからね。私の場合は、一生かかった。

ルディ、観客に背を向け、タバコをふかす。

ルディ　（歌う）“Deutschland《ドイチュラント》, Deutschland《ドイチュラント》, über《ユーバー》 alles《アレス》. Über《ユーバー》 alles《アレス》 in《イン》 der《デル》 Welt《ヴェルト》”[*2]（客席に向かって）会って見ますか、父に？　ここ、この書斎にいます。一服《いっぷく》し終わったら、私、挨拶《あいさつ》に行くつもりです。「帰ってきたよ、パラグアイに、父さんのこの家に」って。

一拍。

ルディ　父は一九四〇年代の終わりから、ここに住んでるんです。ここというより、南米に。

一拍。

ルディ　誰がわれわれ一家のためにビザを用意してくれたのか、私はいまだに知りません。アルゼンチン政府が招《よ》んでくれたのかもしれない。私はまだ生まれて十ヶ月。私には、オットー・ヘンリックという名前と赤ん坊の写真のついたドイツのパスポートがありました。オットー・ヘンリック。誰なんでしょうね、これ。知りたい気もするし、知りたくない気もする。

一拍。

ルディ　覚えているのはそのくらい。われわれ一家は何年もの間、国から国へと居所《いどころ》を変えました。どこへ行っても不自由はしませんでした。行く先々で誰かが車で迎えに来てくれたし、新しい家も用意されていました。新しい生活が始まるんです、どこかまた他所《よそ》に移るまでね。すべて、ラインハルト財団というところが準備してくれるんです。ラインハルト財団。私の父のような境遇の人たちが「姿を消す」のを助ける団体です。

一拍。

ルディ　アルゼンチンでは小さいけどこぎれいなアパートをあてがわれました。子供心に、私は、そこのねえやが大好きだった。大きなオッパイをしてて、いつもバキュームをかけてる。その音がとても気持ちよくてね。

ルディ　一拍。

海に面した一戸建《いっこ》てに住んでたこともあります。あれはチリだったかな。ビキニ姿でピチピチ元気のいい女の子がしょっちゅうビーチに遊びに来ましてね。そのたびに、かあさん、手で私の目に目隠し……

一拍。

ルディ　コロンビアでは面白いエピソードがありました。到着したら、用意されていた家が水浸しなんです。水道管が破裂したらしくてね。別送品として送った荷物は、取りあえずってことで、玄関に置いてありました。私、その中に父の軍服を見つけましてね、イタズラ半分に着てみたんです。それが父に見つかってしまって……叱られると思ったのに、父は叱らないんです。「そうか、おまえも軍服が好きか」。そう、繰り返し言うだけで。

一拍。

ルディ　そういう具合で、引っ越しの連続でした。南米各地のシンパからシンパへ。でも、一九五四年になって状況は変わってきました。もう追い掛けてこなくなったのでしょう、われわれ一家も逃げ回る必要がなくなり、一連の引っ越しはおしまい。ここパラグアイに定着しました。とは言え、パラグアイの生活に同化しようとしたわけではありません。ドイツやオーストリアからの脱出者は、南アメリカという広大なドブの中に、小さくとも輝かしいドイツ的オアシスを作ったんです。脱出者のコミュニティです。そこにはわれわれだけの学校があり、ビアホールがあり、“Die Morgenpost”《ディー モルゲンポスト》*3という新聞もありました。みんな、「ヒトラーは負けたわけじゃない」と信じているかのようでした。

一拍。

ルディ　私はスペイン語がまったく話せませんでした。ア、それは大袈裟《おおげさ》かな。私の悪い癖です。実はそこそこ話せました。

一拍。

ルディ　大袈裟な物言いとタバコ。この二つは、私が母親から譲りうけた悪い癖でしてね。我が家ではいつも灰皿からタバコの煙が立ち昇っていました。それと「近所の人たちが私ら一家をロシアに引き渡そうとしている」とか、「アイヒマン*4がイスラエルに引き渡されたそうだ」とか、際限もなく続く母親の愚痴《ぐち》。

一拍。

ルディ　父親から譲り受けたものですか？　そうですねえ……

一拍。

ルディ　今でも、本当のところに気づかず、何年も何年も平凡な暮らしを続けていた自分は、何てバカだったんだろう、って思うことがあります……まったくもって平凡な毎日でした。父にはちゃんとした仕事があり、一家は裕福。プールのある大きな家に住んで、召使いまでいました。われわれ、幸せだったんです。何かが変だなんて、思ったこともありませんでした。

一拍。

ルディ　「子供の持つ環境適応力には驚くべきものがある」。これを言ったの、誰でしたっけ？　ヒトラーじゃないといいんですがね。私には、知らず知らずに、ヒトラーの言葉を引用してしまう悪い癖もあるんです……

一拍。

ルディ　戦争のことで、決して口にしてはならない部分があるのを、子供ながら私は気づいていました。あれこれ質問すると、父はじっと私の顔を見つめて何も言わないことがあったからです。まあ、ラテン系の女の子について質問したときも、同じような反応でしたけどね。

一拍。

ルディ　父自身は……

一拍。

ルディ　父には口癖がありました。「夕食は七時にしよう」「芝生《しばふ》を踏んじゃいけない」。

この二つです。いつも同じ黒い服を着てましてね。几帳面《きちょうめん》に爪のアカをほじくるのも癖だった。

ルディ　一拍。

私の部屋は両親の寝室の隣。毎週水曜日になるとベッドがきしむのが聞こえてきました。夜九時になると必ず。きっちり十六回きしんで終わるんです。いかにも父らしい几帳面さで。それが私の少年時代。退屈な毎日でした。

ルディ　一拍。

一行の文章でその生涯を要約することのできる、小役人のような男。もし皆さんが、私の父にお会いになったら、きっとそういう風に思われると思いますよ。

ルディ　一拍。

ま、そんな子供時代でした……十七になるまでは……あれは十七のときです。クラスメートがふと口を滑《すべ》らせましてね。ヘルマンって名前で、頭のいい、芸術家肌の子でした。勉強が良くできて、教室ではいつも退屈してました。リルケ*5やビート派*6の詩が好きで、まだ十七のくせに凄《すご》いチェイン・スモーカー。ラテンアメリカ女とのセックスは最高だとか、僕らに比べてはるかに大人びたことを言うもんで、みんなから疎《うと》まれていました。逆に、彼にしてみれば、周りの友達の子供っぽさに辟易《へきえき》していたようです。でも、私だけは例外。私には目をかけていてくれました。ちょっとその、って思いはありましたけど、私はそれが嬉しくて……

ルディ

一拍。

あれは「生物」の時間。みんなで蛙《かえる》の解剖《かいぼう》をしていました。そのときヘルマンが、ふと口走ったんです。「おまえのオヤジさん、こうやってユダヤ人を殺したんだな」って。彼にしてみれば軽い冗談のつもりだったんでしょうが、私はびっくりしました。冗談の意味が解《わか》らなかったもので。私は問い返しました。「それ、どういう意味だい?」って。ヘルマンの答えは――

ヘルマンの姿が照らし出される。

そこは、パラグアイのアスンシオンにあるドイツ語学校。生物学の教室。

時は一九六三年。

ヘルマン　アナロジーだよ。

一拍。

ヘルマン　百パーセント正確とは言えないけど、よく似てる。おまえが強く反応するのも無理ないな。

ルディ　何の話さ。

ヘルマン　おまえのオヤジさんの話だよ……俺《おれ》のオヤジもポーランドで指揮を執《と》っていた。別に英雄だったわけじゃないけどね。

ルディ　まだ解らない。

ヘルマン　俺の話、飛躍《ひやく》しすぎてるかい？

ルディ　俺のオヤジがどうしたって言うのさ。

ヘルマン　おまえのオヤジ、戦争中……おまえ、本当に知らないのか。

ルディ　何を。

一拍。

ヘルマン　うん、失言《しつげん》取り消しだ。忘れてくれ。それよりも観察記録を書いといてくれよ。

ルディ　俺は、こいつを捨ててくる。

ヘルマン　ヘルマン！

ルディ　そうか、じゃあ、俺が書く。おまえの方が適任じゃないかと思っただけでね。

ヘルマン　俺のオヤジも戦争には行った。

ルディ　それだけかい、おまえのオヤジさんが話してくれたのは？

うん。

一拍。

ルディ　俺のオヤジがどうだって言うのさ、ヘルマン……何が言いたいんだい？

一拍。

ルディ　ちゃんと話してくれ。

ルディ、ヘルマンの腕を摑《つか》む。

ルディ　ちゃんと話してくれよ！
ヘルマン　おまえのオヤジさん、SS《エスエス》〔ヒトラー親衛隊〕だったんだろう？　しかもSS付きの医者だった。

ルディ、ヘルマンの腕を放す。

ヘルマン　知らなかったのかい？
ルディ　確かにオヤジは軍医だった。ロシアに行ったときはね。そのあと昇格して隊長になった。東には将校として行ったんだ。
ヘルマン　（戸惑いの表情で）うん……
ルディ　何を言いたいんだい、おまえ。
ヘルマン　東に出征《しゅっせい》したとき、おまえのオヤジさんは収容所の担当だった。
ルディ　収容所？
ヘルマン　知ってるだろう？　強制収容所。移送列車。駅。右、左の選別。アウシュヴィッツだよ。
ルディ　……（「まさか」といったような反応）
ヘルマン　（噛《か》んで含めるように）強制収容所、ユダヤ人、医者、実験……おまえ、解剖が上手いのは、オヤジさんの……

一拍。

ヘルマン　あそこじゃ、SS付きの医者が何人も自殺したらしい。それで当局も慎重になって、腹の据《す》わった医者だけを厳選して送り込むようにしたようだ――

ルディ　俺のオヤジはSSなんかじゃない。（ヘルマンから顔をそむけて）着てた軍服は、ただのドイツ軍のだったもの。

ヘルマン　それは、連合軍がベルリンに攻め込んできたときに急いで摩《す》り替えたんだ。

ルディ　でも、オヤジの身体《からだ》にぴったり合ってた。

ヘルマン　それとも昔着てたのを、慌てて引っ張り出したかな。

一拍。

ヘルマン　おまえ、考えたことないのかい、自分がなぜパラグアイなんかにいるのか？

ルディ　戦争に負けたからだろう？

ヘルマン　バカだな、おまえ。戦争に負けたからって誰も彼もがドイツから逃げ出したりしたら、ドイツは無人島になってるはずだ。そうだろう？

ルディ　おまえ、俺のオヤジはＳＳで、医者で、収容所の担当だった。そうとでも言いたいのかい？

一拍。

ルディ　そんなこと、絶対にない！
ヘルマン　じゃあ、忘れるんだな、そんなことは何もかも。

ヘルマンに当たっていた照明が消える。

ルディ　これがきっかけで、父と私の関係が大きく歪《ゆが》み始めました。（笑って）父親についてはいろいろと発見があるものです。たとえば、ヘルマンのオヤジさん。彼は女中とファックしてるそうです。しかも複数の女中と。ウチのオヤジはそんなことはしてません。一生を通じて、みっともない真似《まね》はしない人でしたから。

一拍。

ルディ　でも一つだけ例外がありましてね。父は一九四二年の夏から四四年の秋にかけて、アウシュヴィッツで、ユダヤ人収容者を使って、一連の人体実験をしたらしいんです。私は知りませんでした、ヘルマンに言われるまでは。

ルディ、観客をじっと見つめる。

ルディ　チフス菌《きん》を注射したり……

一拍。

ルディ　父はチフスの研究をしたかったようです。でも、病院にはチフス患者がいませんでした。そこで、収容されていたオランダ系ユダヤ人にチフス菌を……

一拍。

ルディ　（今度は観客とのアイ・コンタクトを避けながら）女性の子宮を抉《えぐ》り出す手術もしたようです。麻酔《ますい》もろくに使わずに。しかも、父には外科手術の経験がなかったのにです……（これ以上は続けたくないといった表情で）みなさんご存知でしょう、そういう事実があったということは。

ルディ　一拍。

あとで知ったのですが、父は実験の結果をこまごまとノートに書き残していました。人間生理の理解に役立て、科学に新しい展開をもたらし、ひいては文明の進化に繋《つな》げたいということだったようです。

ルディ　一拍。

これ、女中をファックするなんてことより、はるかに悪質な行為だと、私は考えます……「悪」の概念を根本から覆《くつがえ》すような悪だと思います。

ルディ　一拍。

そういう男なんです、父は。

ルディ　一拍。

ルディ　無理ないでしょう？　私がタバコを吸うのも。

一拍。

ルディ　そう、パラグアイ、十七歳。学校。これがきっかけで私はタバコを吸うようになりました。「生物」の時間のあと、私は校舎の前をいらいら歩き回りながら、ヘルマンが出てくるのを待ちました。決着をつけたかったんです。（笑って）なんて便利な表現なんでしょうね、「決着をつける」。これ、殺すってことの婉曲《えんきょく》表現でしょう？（笑う）長いこと待ちました。でも、彼、出てきません。そこで私は、彼の家に行くことにしました。

ヘルマンの部屋にいるルディとヘルマンに照明が当たる。
睨《にら》み合っている二人。
ヘルマンはルディの激しい怒りに恐怖を抱くと同時に、ある種の昂奮《こうふん》も感じている。

ヘルマン　何か飲むかい？……それとも、ぶん殴《なぐ》るかい、この俺を？

一拍。

ヘルマン 殴りたきゃ殴っていい。ただ、そうやって、じらすのだけはやめてくれ。

一拍。

ヘルマン おまえに見せたい本がある。本棚に。取ってくる。いいかい？ ドイツから取り寄せた本だ……写真がたくさん載《の》ってる。

一拍。

ヘルマン 取ってきていいかい？

ルディ （激しい怒りを抑えて）待て！

ヘルマン、歩をとめる。

ルディ （低く）働いていたんだ……

一拍。

ヘルマン　え？

ルディ　俺のオヤジさ。不動産会社を買う前、サホニア*7の病院で働いていたらしい。書斎に報告書がたくさん置いてあった。

ヘルマン　報告書……？

ルディ、頷《うなず》く。

ルディ　うん。

ルディ、今にも嘔吐《おうと》しそう。長い間。

ヘルマン　わかった。くよくよするな。タバコでもどうだい？　それとも飲むかい？　ウイスキーがある。

ルディ　写真、見せてくれ。

ヘルマン、本棚に行く。奥の方に隠してある一冊を取り出し、ルディに見せる。

ヘルマン　ほら。
ルディ　この題、どういう意味だ。
ヘルマン　「究極の解決」？　ユダヤ人問題の、って言う意味さ。

ヘルマン、ページをめくる。

ヘルマン　写真、どこだったかなあ。どっかこの辺に……

ヘルマンがめくるページを見て、ルディは、ぞっとしたように目をそらす。
ヘルマン、それを見て、

ヘルマン　うん、死体だよ。

一拍。

ヘルマン　あった、あった……（探し出した写真をルディに見せる）一九四三年。これがアウシュヴィッツ収容所最高指揮官ルドルフ・フランツ・ヘス。*8 こっちが主任医師エドゥアルト・ヴィルツ。*9 その左隣にいるのが……おまえのオヤジさんだ。

ルディ、本をひったくり取って、写真に見入る。

ヘルマン　あげるよ、その本。

一拍。

ヘルマン　（ルディの背中に）教室であんなこと言って、悪かったよ。ごめん……おまえは他の生徒と違う……そう思ってるもんでね……何ていうか……とにかく、ごめん。あんなこと言うべきじゃなかった。

一拍。

ヘルマン　気を静めて、よーく見てくれ、その写真。

ヘルマンに当たっていた照明が消える。
ルディ、観客を見据えて、

ルディ　家に帰ると、父は庭に出て、下男《げなん》にいろいろ指示を出していました。芝生の隅が枯れている、もっと水をやれ、とか。私が帰ってきたのをみて「学校はどうだった？」って訊《き》くんで、私は憎たらしく応《こた》えてやりました。「アウシュヴィッツはどうだった？」って。

一拍。

ルディ　身体《からだ》中の血管で血がどくどく脈打っているのが聞こえました。家に入ろうとしていると、父が追いかけてきました。

一拍。

ルディ　私は玄関に立ち止まって、父に問い質《ただ》しました、戦争中のことを。戦争について私が父に質問をしたのは、これが初めてでした。

一拍。

ルディ　収容所でどんな間違いをしたのか、それを訊きたいと父に迫りました。

一拍。

ルディ　父は応えませんでした。突っ立って私のことを見つめるだけで。赤味をおびた瞼《まぶた》、手入れの行き届いた爪、丸くなった背中……

一拍。

ルディ　「人殺し！」私はそう叫びました。

一拍。

ルディ　「大きな声を出すな」。それが父から返ってきた言葉です。

一拍。

ルディ　取っ組み合いの喧嘩《けんか》になりました。といっても、殴っているのは私だけ。父の唇が破れ、目の周りが見る見る黒くなっていくのが見えました。父は殴り返そうとはせず、背を向けて私の拳《こぶし》を避けるだけでした。母がどこかで何か叫んでいるのが聞こえました。

一拍。

ルディ　喧嘩が終わってからも、母は叫び続けていました。「どうしたの!」「何があったの!」。父は「何でもない。もう終わった」と応えるだけでした。

一拍。

ルディ　父は息が苦しそうでした。肋骨《ろっこつ》が何本か折れたようです。レントゲンを撮らなきゃ。そう思って、私は車で父を病院に連れて行きました。医者はいつまでたっても出てこない。汚くて薄暗い待合室で長いこと待たされました。粗末《そまつ》な椅子に座っている父。鼻には乾いてこびりついた血。そんな父をしっかりと抱きしめている母。

一拍。

ルディ　父はひどく……やられてました。（笑う）何せあの時はもう五十一でしたからね。

一拍。

ルディ　そのあと、私は車でヘルマンの家に行きました。どこにも電気がついていません。私は拳骨《げんこつ》を作ってヘルマンの部屋の窓ガラスを叩きました。ノックをしようとしただけなんですが、つい力が入って……

ヘルマンの部屋に電気がつく。
ルディ、右手の拳骨を左手でおさえている。どうやら怪我《けが》をしているらしい。
ヘルマンが窓に現われる。

ヘルマン　窓ガラス、割れちまった。

一拍。

ヘルマン　殴りたいのか、この俺を？　なら、メガネを外す。

一拍。

ヘルマン　どうした。殴らないのか。

一拍。

ヘルマン　そうか、手を怪我してるのか。診《み》てもらった方がいい。

一拍。

ヘルマン　どうしたんだ。オヤジさんを殴ったのかい？

一拍。

ヘルマン　で、オヤジさんは？

一拍。

ヘルマン　どこにいるんだ。病院かい？

　一拍。

ヘルマン　おまえ、泣いてるのか。

　一拍。

ヘルマン　大丈夫だ。泣くのはやめろ。

　ヘルマン、おずおずとその腕をルディの肩に回す。
　ルディ、それを払いのけるが、次の瞬間、ヘルマンに抱きつく。力をこめて。
　ヘルマンはルディの身体を意識する。
　ルディ、ヘルマンの腕の中で泣き続ける。
　ヘルマンに当たっていた照明が消える。
　ルディ、観客を見つめる。

ルディ　私は動揺《どうよう》しました。（短く笑う。痛恨の表情で）ヘルマンとは……

一拍。

ルディ　ヘルマンとは子供のころから……

一拍。

ルディ　子供時代は人それぞれです。父は私をアスンシオンのドイツ語学校に入れました。学校では『わが闘争』を暗誦《あんしょう》させられましたが、父の方は、『星の王子様』や『マックスとモーリッツ』[*10]みたいな子供向けの本しか読んでくれませんでした。

ルディ、観客を見つめる。

ルディ　そんなこと聞きたくもないとおっしゃるかもしれませんが、私にとっては良い父親でした。

ルディ　　一拍。

（何の話をしていたのか一瞬忘れ、話の脈略を思い出そうとでもしているかのように）……父の過去に何があったのか、それを知ったのはパラグアイでです。私が十七のとき。しばらくの間、何もかもが総崩れでした。ええ、何もかもが。でも本当に辛かったのは……

ルディ　　一拍。

まるで何ごともなかったように、毎日の暮らしが続いていったということです。父は相変わらず黒いスーツを着て、毎週一回母と交わり、晩飯《ばんめし》を旨《うま》そうに食べ、書斎に籠《こ》もっては新聞片手に、あるいはラジオを聴きながら居眠りをしていました。下男は週に一回ではなく二回、芝生に水をやるようになり、父は満足気に庭を眺める。

ルディ　　一拍。

割れた唇《くちびる》、目の上の黒い痣《あざ》……それを除いては、まるで何ごともなかったような毎日。私は二度と父を殴りませんでした。玄関の壁紙を汚した血も、下男がきれいに拭《ふ》き取ってしまいました。

一拍。

ルディ　「収容所の医者には当番っていうのがあった。みんな嫌がってはいたが、それをしないと秩序が保てない。秩序を保つために、仕方なくやっていたんだ」そう言うんです、父は。

一拍。

ルディ　「じゃあ、何を基準に人を選《よ》り分けたの？　ガス室に送り込む人と、労働キャンプに回す人と？」私がそう攻めると、「解りにくいことだろうが、仕事の量で振り分けた。キャンプにどれだけの仕事があり、それには何人の労働が必要か、それによって選別をしていたんだ」というのが答えでした。

一拍。

ルディ　「そもそも、なんで収容所なんかに行ったのさ」という質問には……

一拍。

ルディ　「送り込まれたからだ。ロシアで負傷した後、武装親衛隊《しんえい》に配属され、送り込まれたんだ。武装親衛隊っていうのがどんなものなのか、そこに配属されて何をすることになるのか、私は知らなかった。ポーランドで特殊な任務に就《つ》くらしいということは漠然と分かっていたがね」という答え。

一拍。

ルディ　「どうして辞めなかったの」という問いには、

一拍。

ルディ　「辞めたかった。現場に行って、その様子を見たときにはショックで、すぐにも辞めたかった。だが、同僚に、馬鹿なことは考えない方が良いと諫《いさ》められた。『おまえはヒトラーに忠誠を誓ったんだ。そんなことをしたら、おまえを親衛隊に推挙してくれた上官を怒らせることになる。おまえの将来に影を落とす。それに、家族の安全も考えた方がいい』とね。私はおまえの母親をベルリンに残してきていたんだ」。それが父の応えでした。

ルディ　一拍。

人体実験についてはこう言ってました。「一つだけ、おまえに解ってもらいたいことがある。あのころは非常時だったんだ。被験者はみんな、いずれはガス室に送られることになっていた。広くは医学の進歩のため、個人的には私の外科技術向上のため、またとない機会だったんだ。考えてもごらん、チフスについての理解が深まれば、収容所や東部前線でのチフス蔓延《まんえん》を防ぐことができる。医学界にも貢献できれば、戦争の早期終結に貢献《こうけん》することにもなったんだ」

ルディ　一拍。

「おまえには解らない。あれは非常時だったんだ」何度も何度も、そう繰り返していました。

ルディ　一拍。

「どうして、いつまでもそんなところにいたの！　どうして、そんなところ、辞めなかったの！　どうして！　どうして！」そう叫ぶ私に、食卓の向こうの父は、うつむくばかりでした。母がとりなします。「大きな声を出さないで！　お父さんにしたって辛《つら》いんだから」

ルディ　一拍。

ある晩、母は、私を食堂から台所に連れ出してこう言いました。「お父さんはね、ロシア戦線で重傷を負ったんだよ。そんなお父さんを、あたしは二度とロシアに送り帰したくなかった。そんなことをしたら、あたしは間違いなく未亡人だったろうからね。『お願いだから、安全な収容所に留まっていて』そう泣いて頼んだんだよ、このあたしが」

ルディ　一拍。

母はそれですべて説明できたと思ったようですが……

一拍。

ルディ　食卓を囲んでの言い争いは、その後も毎晩のように続きました。同じ詰問《きつもん》と同じ言い訳の繰り返し……でも、いつしかそれも収まりました。私が詰問をやめたのです……「結局、私はどうしたらいいんだ？」そう考えるようになったからです。

一拍。

ルディ　密告をする？

一拍。

ルディ　それとも、当局に引き渡す？

ルディ、客席を見つめる。やがて目をそらす。

ルディ　夕食は静かなものに変わりました。ナイフやフォークが食器に当たる音、料理をむしゃむしゃ噛んでは飲み込んでいる父、話題といえば父の会社が最近手がけた不動産取引のこと……そんなある晩です、私が突然気づいたのは。「私は、また昔のように、父を父親として見始めている」と。十七歳のあのとき以来、父は私にとって、いわば不可解で見知らぬよそ者だったのです。それが、また、いつの間にか元の父親に……私はそんな自分を疎《うと》ましく思いました。このまま続けていてはいけない。どうにかしなければ、と……

客席を見て、

ルディ　一拍。

これからの話、面白いと思いますよ。

ルディ　一拍。

友達のヘルマンが、特別な意味を持ち始めたのです。噂では……彼と親しかっただけに、私は知っていました……

ルディ　そう、私にとって、ヘルマンが特別な意味を持ち始めたのです……

一拍。

ルディ　父のことなど考えずにすむ逃げ場を探していたときだけに……

一拍。

ルディ　あれは、ヒトラーの誕生日でした。父をはじめ、元ナチのメンバーは、毎年この日を、例のビアホールで祝うのです。普段は飲まない父も、この日ばかりは飲みました。クリスマスとヒトラーの誕生日。この二日だけです、一年のうちで父が酔っ払うのは。父がビアホールに行っている間に、ヘルマンが家へ訪ねて来ました。私は彼を父の書斎に通しました。

飲み物を手にしたヘルマンが照明に照らし出される。
二人がいるのはルディの父親の書斎。

ヘルマン　「わが青春は強く美しくあってほしい」。誰の言葉だと思う?
ルディ　ジョン・F・ケネディかい?
ヘルマン　バカ。今日はヒトラーの誕生日だ。何でケネディが出てこなきゃいけないのさ。

ヘルマンとルディ、飲み物をひと口飲む。

ヘルマン　毎年ヒトラーの誕生日には、俺のオヤジ、俺と使用人一同を書斎に呼ぶんだ。そして握手。まず俺と、それから使用人一人ひとりと。最近の俺は使用人扱いでね。
ルディ　そんなことないだろう。
ヘルマン　いや、そうなんだ。ウチの料理人に娘がいてね。メキシコで働いてるんだが、時々親元に帰ってくる。その娘《こ》、この俺にいろいろ作ってくれるんだよ。やたらフルーティな飲み物とか、飲み込むのに苦労するビスケットとか。台所から出てきて、俺にそんなものを渡しちゃあ、また台所に隠れる。どういうことなのか俺には解らなくてね。オヤジがその娘《こ》に話をする口調が、俺に話をするときとまったく同じなんだ。オヤジにとって俺は、料理人の娘と同じぐらい「他人」なんだよ。あの娘《こ》、そんな俺を気の毒そうな目つきで見つめたりしてね。
ルディ　うん、哀《あわ》れっぽい顔してるからな、君はいつも。

ルディとヘルマン、笑みを交わす。

ヘルマン　そのオヤジが、今年は俺に降りてこいとは言わない。学校が終わってから書斎に行ってみたんだが、ドアが閉まっている。何かあったんだろうか？　それとも俺にがっかりして、もう俺には用がないんだろうか――それ、俺にも。

ルディ、吸っていたタバコをヘルマンに渡す。ヘルマン、ひと息吸う。

ヘルマン　俺もメキシコに行ってみたい。どんなだろうなぁ。

ルディ　その娘なんだろう、お目当ては。

ヘルマン、ルディに目をやる。ルディは微《かす》かに笑う。

ヘルマン　（デスクに飾ってある写真を見て）ヒトラーの写真か。

ルディ　（それには目を向けず）うん。

ヘルマン　金色のフレームに入ったヒトラー。それに君の写真が並んでる。いいじゃないの。

ルディ　贈り物なんだ。
ヘルマン　誰からの。
ルディ　ヒトラー自身だよ。

ヘルマン、写真を手に取る。ルディはひと口飲む。

ヘルマン　自分だったらどうしてただろう？　そういう風に考えたことってないかい？
ルディ　何について。
ヘルマン　「強制収容所に行けば、君の将来は約束される、輝かしいものになる。給料も倍にする」。党がおまえに、そう言ったとしたらだよ。

ヘルマン、写真に見入る。

ヘルマン　俺だったら行くな。
ルディ　そんなことないだろう。
ヘルマン　いや、行く。
ルディ　行かない。
ヘルマン　なぜ。

ルディ　だって、おまえ、喘息《ぜんそく》持ちじゃないか。メガネもかけてる。それに、汚れるのが嫌いだし。
ヘルマン　黙れ。おまえだったら行くよな？　武装親衛隊かな？　それとも航空隊かい？
ルディ　うむ。
ヘルマン　ゲシュタポって手もある。
ルディ　うん。
ヘルマン　行ってる。間違いなくな。何せドイツ魂《だましい》の塊《かたまり》だからね、おまえってやつは。
ルディ　じゃあ、おまえは？　ラテンアメリカ魂の塊かい？
ヘルマン　うん、気持ちの上ではね。
ルディ　気持ちの上ではって、スポーツができないからかい？
ヘルマン　(自嘲《じちょう》的に）ああ。虚弱体質ってのも悪くはない。俺はそのおかげで、パスポートがもらえたんだ。

一拍。

ヘルマン　出掛けようぜ。ドライブでもしよう。ここにいるのは嫌だ。おまえのオヤジ、何をしてるんだい、いつも、この書斎で？
ルディ　まだ酒が残ってる。

ヘルマン　酒だったら、外にだってある。
ルディ　どこに。
ヘルマン　知らんよ、そんなこと。

一拍。

ルディ　クラブにかい？　時々行くんだろ、おまえ、クラブに？

一拍。

ルディ　連れてってくれ。
ヘルマン　どうして。
ルディ　見たいんだよ、おまえがそこで、どんなことをしてるのか。

ルディ、ヘルマンに歩み寄りその身体に触る。おずおずと。
ヘルマンは押しのける。

ヘルマン　やめろ。

ルディ　見せてくれ。
ヘルマン　おまえ、酔ってる。
ルディ　酔ってなんかいない……うん、酔ってるのかもしれない。

ルディ、再度ヘルマンに近づく。

ルディ　いいだろう？

ヘルマン、押しのけるが、その動きに前回ほどの激しさはない。

ヘルマン　よせ……バカ野郎。おまえ、確かに酔ってる。
ルディ　ナーバスになってるだけだ。

一拍。

ルディ　いいだろう？……おまえだって……ちゃんと解ってる。

一拍。

ルディ　な？

ルディ、ヘルマンにキスをする。ヘルマン、それを返す。二人、さらにキスを続ける。
ヘルマン、ルディのベルトを緩め、その前に跪《ひざまず》く。ルディ、頭をのけ反らす。
ルディ、向き直って、客席を見る。

ルディ　（客席に向かって）ええ。

ヘルマンに当たっていた照明が消える。
ルディ、ベルトを締め直す。

ルディ　ちょっとした光景でしょう？　名だたるナチ高官の息子たちが南米のパラグアイかどっかで、男同士いちゃいちゃ……

一拍。

ルディ　父への報復です。イスラエルに捕まって絞首《こうしゅ》刑になる以上に、堪《こた》えるでしょうね、父には。これ以上の仕返しはない。

一拍。

ルディ　父は……動揺したようです。（笑う）突然ドアが開きましてね。見ると、父が立っている。いつもどおりの黒いスーツを着て。

一拍。

ルディ　私は……やめずに続けました、ヘルマンと。見つかったら普通は慌ててやめるでしょう？　私も一瞬そうしそうだったけど……続けたんです。

一拍。

ルディ　父は敷居《しきい》の上に立ったまま……見ていました。

一拍。

ルディ　しばらくして、立ち去りました。ドアを閉めて。

一拍。

ルディ　すべてが壊れてしまいました。私だけじゃなくて、父にとっても。

一拍。

ルディ　父はもはや私の目をまっすぐには見ません。話しかけもしなければ、名前を呼ぶこともありません。廊下ですれ違っても目を伏せるだけでした。母は部屋に籠もって泣いてばかりいました。啜《すす》り泣きが家中に聞こえました。私は家を空け、遅くまで帰らない。そんな状態が、何週間も何週間も続きました。両親の屈辱《くつじょく》……そして私の……その後、私の熱は次第に冷めて行き……

ヘルマンに照明が当たる。ルディにキスしている。ルディは無反応。

ヘルマン　どうしたんだ。

一拍。

ルディ　どうも……

ルディ、ヘルマンから身を離す。

ヘルマン　どうしたんだよ。

一拍。

ヘルマン　なんか言ったらどうだい？

一拍。

ヘルマン　（いらついて）オヤジさんのことかい？

ルディ　どんな気持ちだったろうかと思ってね。ベルリン。連合軍の包囲。敗戦。ニュルンベルク。*11 知人、友人はロシアに引き渡されてるのに……どんなことをするんだい、ロシアってのは？

ヘルマン　拷問《ごうもん》、死刑。
ルディ　なのに、パラグアイまで逃げてきて、のおのおと土人相手の不動産業。いまだに総督様《そうとく》々、ドイツ万歳《ばんざい》だ。
ヘルマン　おい、それ……（ルディ、吸っているタバコをヘルマンに渡す。ヘルマン、ひと口吸って、返す）
ルディ　このところ、オヤジ、滅多に家で晩飯を食わない。食うときは台所で食ってる、使用人たちと一緒にね。何週間も休みなしで、しかも夜遅くまで働いてる。おかげで会社は利益倍増。使用人たちも、突然のことに、何ごとだろうって驚いてるに違いない。
ヘルマン　上手くいってるわけだな？
ルディ　何が。
ヘルマン　おまえの実験だよ。

一拍。

ヘルマン　で、オヤジさん、いま、どこにいるんだ。
ルディ　階下《した》にいる。
ヘルマン　じゃあ、聞こえるわけだな？

ヘルマン、ルディにキスをする。ルディはタバコを持ったまま、ほとんど反応しない。
ヘルマン、キスをやめて、ルディを見あげる。
一拍。

ルディ　俺、出たいって言ったんだ、オヤジに。
ヘルマン　出たい？
ルディ　ああ。この家から。できれば、この国からも。
ヘルマン　どこへ。
ルディ　オヤジには、ドイツに行きたいと言ってある。
ヘルマン　ドイツ？　なぜ。
ルディ　悪いかい？
ヘルマン　悪いなんて言ってない。自分のルーツを確かめられる。親戚にも会えるだろうしね。オヤジさんが生まれ育ったところ、働いていたところ、おふくろさんに出会ったところ、そんなところへ行ってみたらいい。ヴァンゼー[*12]だったね。
ルディ　別にドイツじゃなくたっていいんだ。パラグアイから出られさえすりゃあ。

一拍。

ルディ　でも、ドイツってことになるだろうな。ドイツなら、ラインハルト財団が金を出してくれる。オヤジの助けは借りたくないしね。

ヘルマン、ルディを見つめる。

ヘルマン　この俺を……置いて行くのかい……ここに？
ルディ　残念だけど（別に残念そうでもない）仕方ない。何しろ、このパラグアイは地獄だ。

一拍。

ルディ　一時間ほど前、書斎の前を通りかかった。オヤジ、仕事をしていた。会計帳簿かなんかをつけてたんだろうな。「出て行きたい」って言ったら、仕事の手も休めずに「分かった。手はずを整える」って言うんだ。
ヘルマン　どう反応して欲しかったんだ。握手でもしてくれると思ったのかい？
ルディ　いや――
ヘルマン　勲章《くんしょう》でもくれると思ったのかい？

一拍。

ヘルマン　（ルディから目をそらして）え？

一拍。

ルディ　とにかく、俺は出て行く……

ヘルマン　勝手にしろ！　ドイツだろうと、ニューヨークだろうと、エルサレムだろうと、好きなところへ行ったらいい！　おまえのオヤジは戦争犯罪人。おまえがどこに行こうが、その事実に変わりはない。おまえはこれからも心の底で「オヤジ、交通事故にでも遭《あ》って死んでくれたら」「いっそのこと、捕まって引き渡しの日に遭ってくれたら」なんて思い続けるに違いない。家を出て行くのだって、オヤジさんに思い知らせてやりたいから、恥をかかせてやりたいからなんだろ？　違うかい？

ルディ　（ヘルマンの台詞《せりふ》が続いている中で）そうじゃない――

ヘルマン　そうに決まってる。

ルディ　違う――

ヘルマン　あの書斎で、あの床の上で、ああいうことがあったのも――

ルディ　それは違う！……いや、そうかもしれない。
ヘルマン　なんだって？
ルディ　そうかもしれない。

一拍。

ルディ　（自嘲的に）きっと、そうだったんだ。オヤジに——
ヘルマン　起こったことは起こったこと。いまさら——
ルディ　俺は、ただ……俺にどうしろっていうんだ。

一拍。

ルディ　どうしろって。

一拍。

ヘルマン　（穏やかさを取り戻して）いいかい？　確かにヤツはおまえの父親だ。だが、おまえはヤツじゃない。おまえまでが戦争犯罪人ってわけじゃない。おまえは、ヤツとは違うんだ。

ヘルマン、ルディに触る。ルディ、激しく払いのける。

ヘルマン まあ、似てるところもあるけど。

ルディ おまえの方はどうなんだ。確かにおまえ、オヤジさんとは違う。女中に手を出すなんて、しようったってできないだろうからな……

ヘルマン、ドアに向かう。ルディは追いかけて、ヘルマンの腕を摑む。

ルディ あれ以来、俺のオヤジ、俺もおまえと同じなんだと思ってる。おかしいだろ、え、ヘルマン？ 俺もおまえとおんなじなんだと思われてるんだ。

一拍。

ルディ おまえはラッキーだよ。オヤジさんとは確かに違うからな。

ヘルマン、ルディの手を払いのけて退場。ばたんとドアを閉める。

ルディ、向き直って客席を見る。

ルディ　あのときの私は、頭が……混乱していました。ヘルマンには悪いことをしたと思います……でも、すぐに次の相手が……

一拍。

ルディ　私は家を出ました。十八になったばかりの頃です。ドイツのパスポートを持っていたこともあって、ベルリンへ行きました。ドイツでの費用はラインハルト財団が出してくれました……そう、ラインハルトというのはナチス系の組織ですが、他の誰かがもらうよりは、自分がもらっといた方が、まだましだろうと考えたのです。

一拍。

ルディ　名前はパスポート上のものを使いました。オットー・ヘンリック。父の名前はアイヒマンやメンゲレ[*13]ほど知れ渡っていませんでしたが、それを使う気には到底なれなくて……

一拍。

ルディ　それからしばらくは、言ってみれば、幸せな時期でした。

一拍。

ルディ　西ベルリンに着くとすぐ、アメリカ人街に部屋を借り、ベルリン自由大学[*14]に籍《せき》を置いて勉強に没頭しました。

一拍。

ルディ　勉強に疲れるとベルリンの街を歩き回りました。ベルリンの壁。国会議事堂、ソビエト軍による爆撃の痕《あと》。私が子供のころ母がソビエト軍をひどく怖がっていたのを思い出しました。街のすべてが……なんて言うか……近しく感じられました。

一拍。

ルディ　大学では、得意を生かして化学と生物学を専攻しました。普通の学生と同じように振る舞い、将来を目指しました。その頃の西ベルリンは混沌《こんとん》状態。アメリカ人がいて、ソビエト人がいて……おかげで私は目立たずにすみました。ただの敗戦ドイツ人。誰もがそうでしたが、戦争の話は避けるようにしていました。

一拍。

ルディ　いつの間にか、両親の話をするときには、過去形を使うようになっていました。ある日「何で亡《な》くなったの?」と友人が訊くので「交通事故」と答えました。それ以来、そういうことで通しています。

一拍。

ルディ　何人かと友達にはなりましたが、話すことといったら、当たりさわりのないことばかり。政治とか歴史の話はしませんでした。クラブ活動には参加せず、どうということもないブロンドの女の子何人かとデート。講義も、戦後教員資格を取った若い教授のものを選びました。模範的な生徒で、一生懸命勉強しました。勉強をしていないときは、もっぱら酒。いわば、真っ白な三年間。最終年度にはクラス一番の成績を取りました。

ルディ　一拍。

「優秀な成績、おめでとう。これだけの成績だ、ビジネスの世界などには行かないでほしいね」

ルディ　一拍。

「推薦状を書いてあげよう。医学部のトップを知っている。きっと合格すると思うよ」

ルディ　一拍。

「俺の兄貴、医者なんだ。次の週末、ビールでも飲みながら、話をしてみたらどうだい？　将来について、いろいろアドバイスしてくれると思うよ」。いろんな人が、そんな風に言ってくれました。

ルディ、客席を見る。

ルディ　結局、どうしたと思います？

一拍。

ルディ　医学部を志望したんです。合格して、秋から、医科大学院のクラスに出るようになりました。

一拍。

ルディ　そこでも私は、優秀な生徒でした。どうやら私には、もって生まれた医学向きの素質《そしつ》があったようです。教授に目をかけられ、周りの学生からも一目《いちもく》置かれ、羨《うらや》ましがられました。

一拍。

ルディ　そうです。研究室でも、ペーパーテストでも、成績優秀。手術室で白衣の上に嘔吐するなんてことも、まったくありませんでした。

一拍。

ルディ　白衣。

一拍。

ルディ　収容所で父は、ＳＳの制服の上に白衣を着ていました。

一拍。

ルディ　二期目になって、人体解剖の助手をすることになりました。手術台に載せられた死体。それを囲む四人。三人のドイツ人医師と私です……解剖が始まりました……できない。これは父が……とても先へは進めない……

一拍。

ルディ　移送列車……駅頭《えきとう》に立って、人を選《よ》り分けている私……何度も何度もそんな光景が……

一拍。

ルディ　私は学校を辞めました。

一拍。

ルディ　辞めて、しばらくは、ヌケガラのような生活……

ルディ、タバコをもてあそぶ。やがて火をつける、

ルディ　やたらタバコを吸いました。（笑う）部屋中、焼け焦《こ》げだらけ。身体《からだ》を動かすのも億劫《おっくう》で、床に転がったまま、ところ構《かま》わずタバコを消したのでね。絨毯《じゅうたん》についた焼け焦げのおかげで、敷金《しききん》は一マルクも戻ってこなかった。

ルディ　一拍。財団からの小切手は月に一度換金《かんきん》しました。

ルディ　一拍。町中を歩き回りました。

ルディ　一拍。俺は一生、こんな風に何かから逃げ回って、歩き続けるのだろうか？

ルディ　一拍。そんなときです、サラに会ったのは。サラ・クラインマン。ドイツ連邦資料室でのことです。その頃の私は、図書館や資料室へ行って、父親の名前を見つけては、それを丸で囲む毎日でした。戦争資料、生存者の証言、ニュルンベルク裁判記録。父の名前は、いろいろなところに出ていました。収容所行き移送列車の記録を調べていたときです、彼女が私に声をかけてきたのは。

サラに照明が当たる。そこは西ベルリンのドイツ連邦資料室。
床に広げた資料の上に四つん這《ば》いになっているルディ。

サラ　資料室でタバコ？

一拍。

ルディ　え？
サラ　禁煙よ、ここ。
ルディ　あ、消します。
サラ　ごめんなさいね、あたし、係員でもないのに。
ルディ　いえ。
サラ　タバコの灰が今にも資料の上に落ちそうだったので、つい。面白い？
ルディ　何が？
サラ　その資料。
ルディ　まあ。

一拍。

サラ　いつも床に座って資料読むのね、あなた。探してるもの、みつかった？

一拍。

ルディ　え？

サラ　何か探してるんでしょ？

一拍。

サラ　先週はノルウェーから来てた人がいたわ。あなたと同じように床に座り込んで、「移送」についての資料をむさぼるみたいに読んでた。

一拍。

ルディ　あなたも何か？

サラ　ええ、「居住記録」を。私の家族、戦前、ベルリンにいてね、きっと居住記録が残っているると思ったの。見つかったわ、母の記録が。東へ移送されたみたい。
ルディ　東へ？
サラ　ええ。
ルディ　東って、強制収容所のある？
サラ　そう。
ルディ　っていうことは……？　じゃ、あなたは……？
サラ　あなたの家族は？
ルディ　僕のは……
サラ　ひょっとして……ドイツ人なの、あなた。
ルディ　ええ。

一拍。

ルディ　珍しいですね、戦後もベルリンに踏みとどまったなんて。
サラ　踏みとどまったわけじゃないの。私、アメリカから来てるの。私の母、アメリカに移住したのよ。
ルディ　いつのことです？

サラ　一九四五年。連合軍が解放してくれたすぐあと。母は収容所で父に会ったらしいわ。父はアメリカ軍の第十四機甲師団でね、収容所にいた母を見初《そ》めて、戦後すぐ結婚したらしい。珍しいケース。それで、母はアメリカへ渡ったの。

ルディ　じゃあ、あなたのお父さんも——？

サラ　ええ。

ルディ　お母さんは収容所の？

　　サラ、頷く。

ルディ　どの収容所？

サラ　（用心深く）アウシュヴィッツ。

　　一拍。

サラ　あなたのご両親は？

ルディ　父は……国家社会主義党員……でも、僕は違う。

サラ　お父様、戦争にも行ったの？

ルディ　ええ、軍医として。主にロシア方面に。戦後、不動産業を始めたんだけど……

サラ　交通事故でね。アウトバーン[15]の。
（儀礼的に）それは、お気の毒に。

一拍。

サラ　で、何を調べてるの、ここでは？
ルディ　父のことを。強制収容や移送に関わっていたのかどうか。直接訊く前に、父、死んでしまったんでね。
サラ　それで、関わっていたの？

一拍。

ルディ　まあ。

一拍。

サラ　あたしの母も、直接訊く前に死んでしまったの……彼女自身のこととか、彼女の生まれた家のこととか、いろいろ訊きたかったのに。ベルリンには、それを調べたくて来ているの。ドイツや……（ルディを見つめて）ドイツ人がどんなだかも知りたいし。

ルディ　とても嬉しい、来てくれて。

サラ　ありがとう。

一拍。

ルディ　僕、オットー・ヘンリック。

サラ　サラ・クラインマン。

二人、握手する。ルディは手に持ったタバコの始末に困り、ぎこちない動き。サラに当たっていた照明が消え、ルディは客席に向かって立つ。

ルディ　サラは……ユダヤ人でした。妙な、それでいて、うきうきするような出会いでした。何しろ私はそれまでユダヤ人を見たことがなかったもんで……写真と
……父が描《か》いた解剖図以外では。

ルディ、困惑の態《てい》で、客席から目をそらす。

ルディ　記録によると、サラの母親インゲ・ローゼンタールは一九四三年九月三日、アウシュヴィッツに送り込まれました。父がいた頃です。

一拍。

ルディ　計画的にそうしたわけじゃないんですが、そのあと私はサラに時々会い、資料室の使い方をいろいろアドバイスしました。彼女のことをもっと知りたかったし、父に代わって謝りたいという気持ちもあったものですから。

一拍。

ルディ　パラグアイを後にしたとき、私は父の……「形見」を、（笑う）一つだけ持ち出しました。アパートに置いてあったのですが、サラがぜひ見たいというんで……

サラに照明が当たる。そこはベルリンにあるルディのアパート。
ルディが軍服を広げてサラに見せている。口にはタバコ。

サラ　まるで新品みたいね。
ルディ　うん。
サラ　（挑むように）これ、ブランデンブルク部隊*16の徽章《きしょう》でしょう？
ルディ　うん。
サラ　あの部隊の兵隊さん、みんなヘビースモーカーだったんですってね、あなたみたいに。父が言ってた。始終タバコをせびられたって。

一拍。

サラ　非戦闘員にしては、随分たくさん勲章《くんしょう》をもらったのね。軍医だったんでしょう？
ルディ　うん。
サラ　二級鉄十字章*17、冬季遠征徽章、負傷勲章。負傷したの、お父様？
ルディ　一九四二年の春、ロシアでね。肩に弾丸《だんがん》が当たった。それで、移ったんだ。
サラ　東に？
ルディ　うん。

ルディ、目をそらしてタバコを吸う。

サラ　写真はないの？
ルディ　ない。
サラ　一枚も？
ルディ　僕と父はお互い相手があまり好きじゃなかった。だから、写真なんて……君には解らないだろうな、そんな家族関係。
サラ　私にしたって、母親が大好きってわけじゃなかったわ。
ルディ　ホントに？
サラ　ええ。
ルディ　どうして。
サラ　あなた、なぜお父さんが好きじゃなかったの？
ルディ　うん……国家社会主義者だったからかな……
サラ　じゃあ、なぜ、この軍服を大切にしてるの？
ルディ　大切にしてるってわけじゃない。
サラ　何か特別な思い出でも？
ルディ　いいや。

一拍。

サラ　あなたに、合うの？
ルディ　何が。この軍服が？
サラ　ええ。
ルディ　もっと若かった頃はぴったりだった。でも、今じゃどうかな。

サラ、軍服をルディの身体に当ててみる。
ルディ、そんなサラを見つめる。躊躇《ちゅうちょ》。

ルディ　ちょっと持ってて。（タバコをサラに渡す）

サラ、渋面《じゅうめん》を作ってタバコを受け取る。咳《せ》き込み、煙《けむり》を手で追いやる。
ルディ、着替えを始める。
サラ、ルディに背中を向ける。
軍服はルディにぴったり合う。

ルディ　うん。まだ着られる。

サラ、向き直る。

ルディ　でも、外には着て行けないね。
　ルディ、軍服を脱ぐ。
サラ　ありがとう、見せてくれて。
ルディ　どういたしまして。
　一拍。
ルディ　欲しい？
サラ　欲しいって……これが？
ルディ　うん。
サラ　お父さんの形見でしょう？　もらえないわ。
ルディ　どうして。君がもらってくれないんなら、博物館に寄贈する。
　サラ、眉間《みけん》に皺《しわ》を寄せて、考え込む。

ルディ　じゃあ、交換ってことでどう？
サラ　交換。
ルディ　うん。
サラ　何と？
ルディ　芝居の切符が二枚あるんだ。
サラ　お父様のナチの制服をあたしがもらえば、あたしを芝居に連れて行ってくれるって言うの？
ルディ　今度の土曜日に。
サラ　それ、デートの申し込み？
ルディ　まあね。

サラ、笑う。笑いやんでじっとルディを見つめる。そして、生真面目に、

サラ　あなたのお父様、何ておっしゃるかしら。

一拍。

ルディ　君のお父さんは？

一拍。

ルディ　いいよ、持って行って。

サラ　行くわ、お芝居。ヘンな物々交換だけど。

ルディ、頷き、ぎこちなく笑う。
サラもぎこちなさそう。

サラ　ええ、そうする。

ルディ、軍服を差し出す。
サラ、それを受け取る。

サラ　ありがとう。

サラ、退場。

ルディ　それから土曜日までの毎日、学校で暗誦させられたゲーテのロマンティックな詩が始終脳裏《のうり》をよぎりました。それにヒトラーの演説。これまたヘンな取り合わせですが、その二つが頭の中でゴチャゴチャになって……それと自責の念。何しろサラには、父について嘘をついたわけですからね。

一拍。

ルディ　資料室でサラに嘘をついたのは、サラと話を続けたかったからです。それと、癖になっていたと言うこともあります。でも、デートをすることになった相手に嘘をつき続けるというのには、抵抗がありました。いよいよ土曜日。私たちは劇場に行き、芝居がハネてから、私は彼女をまた私のアパートに誘いました。嘘を取り消そうと思って。ところが……

サラとルディ、ぎこちなくルディのアパートに立っている。しばらく見つめあった後、身を寄せ合ってキスをする。やがて服のボタンに手をかけるが、そのまま床に倒れこんでセックスを始める。服を着たまま、脱ぐのももどかしいといった性急さで。今の二人に相応な、あまり近しすぎないセックスといったところだろうか。

サラ　ああっ。
ルディ　（動きを止めてナーバスにサラの様子をうかがう）どうした？
サラ　何でも……

ルディ、目を閉じ、改めて攻める。
サラは、突然、上《うわ》の空になる。目を開いて何か考え始める。

サラ　あたし……あたし――
ルディ　（また動きを止めて）え？
サラ　いいのかしら？
ルディ　何が？
サラ　いいのね……あたしたち……こんなふうに……
ルディ　いい。いいんだよ！
サラ　あたしたち……あなたとわたし……何年か経って……あなた、とても……気が咎《とが》めるかと思ったけど……全然……

一拍。

サラ　あたしたち、こんなに簡単に話し合えるなんて……愛し合えるなんて……

サラ、ルディをじっと見つめる。ルディの心の中を推《お》し測ろうとでもするかのように。
ルディはそんなサラの様子に攻めの手を緩める。

サラ　ごめんなさい。続けて。お願い。良かったわ。お芝居の方も。あたし、なんでこんなに喋《しゃべ》るのかしら。
ルディ　いいよ……気にしないで……よく解る。
サラ　本当に？
ルディ　もちろん。
サラ　あなたはどう？　気持ちいい？
ルディ　ああ、とても……いい。

サラ、笑う。
サラに当たっていた照明が消える。

ルディ　ええ、いい気持ちでした。とても。それと言うのも、私がサラを愛し始めていたからだと思います。本当に好きになりました。最初の晩から。

一拍。

ルディ サラと一緒にいると、何と言うか……憑《つ》かれたような畏敬《いけい》の念を感じます。父のやったことを今さら元に戻すことはできない……でも償《つぐな》いは、心底からサラを愛することで……馬鹿な考えかもしれませんが……サラを愛することには……償いの……何かが一巡《ひとまわり》したような気がしました。

一拍。

ルディ そんなことのあった後、私たちはアウシュヴィッツへドライブしました。レンタカーを借りて、アメリカ地区を越えて。検問所ではアメリカ兵がサラに冗談を言ってました。「何でドイツ野郎なんかとドライブするんだい」とかなんとか。ソビエト側の兵隊はアメリカ兵ほど陽気じゃなかった。でも、そこもなんとかクリアして東ドイツを通り、ポーランドを目指したんです。

サラに照明が当たる。
アウシュヴィッツの駐車場。

サラが嘔吐している。
ルディはサラのハンドバッグを持って、その傍《そば》に。

ルディ 大丈夫かい？ 水、どお？ それともビールの方がいいかな？

サラ、ルディを見上げるが、すぐまた顔をそむける。

ルディ え？

サラ 大丈夫。大丈夫よ。

一拍。

サラ ハイウェイに乗って、ほんのちょっと東へ行くだけで、もうそこは……アウシュヴィッツ。なんであたし驚いてるのかしら。そんなこと地図を見て前から知っていたのに。でも、驚いたわ。驚いて吐き気がしてきたの。

一拍。

サラ　昂《たか》ぶっているのね。
ルディ　うん。
サラ　恥ずかしいわ。吐いたことがじゃなくて、あなたの前でこんな風になったのが。
ルディ　僕は……嬉しいよ。
サラ　（笑って）ほんと？　眼の前でゲロ吐いた女なんて、お嫁さんにしたくないでしょ？
ルディ　したい。なってくれる？
サラ　え？
ルディ　僕と結婚して欲しい。
サラ　こともあろうに、アウシュヴィッツの駐車場で申し込むの？
ルディ　そういうわけじゃないけど――
サラ　いや。
ルディ　なぜ？
サラ　あなたが……ドイツ人だから。
ルディ　それだけで？
サラ　ええ。また別のときに申し込んでくれない？　アウシュヴィッツで、ゲロ吐いた途端《とたん》、ドイツ人から結婚を申し込まれるなんて、あんまりだもの。それに、あたし、妊娠したみたいだし。

ルディ　ええッ！
サラ　（歩きだしながら）なんでもない。車に酔っただけかも――
ルディ　（サラを追って）サラ！
サラ　さあ、行きましょ……予定どおりに。

サラ、退場。

ルディ　私たちは一緒に収容所を見学しました。一緒とは言えませんね。彼女、いつも私より三歩ほど前を歩いていましたから。歩いていて私はある幻想に取り憑かれました。ある家族の幻想です。家族といっても、私の父を中心にした家族ではなく、サラと私とその子供の……

一拍。

ルディ　私の父はユダヤ人の孫を持つことになる……

ルディ、笑う。

ルディ　そのあと、サラと私たちは駅に行ってみました。

アウシュヴィッツ駅のプラットホームに立つサラとルディ。
二人は長い間、無言で線路を見つめる。
やがてルディはサラに視線を移す。
応えるようにサラもルディを見返す。
二人、手を取り合う。
サラに当たっていた照明が消える。

ルディ　次の日、私たちはクラクフ[*18]まで車を飛ばし、ドイツ語のできる医者を探しました。ようやく見つけて尿《にょう》の検査。結果が出るまで長いこと待合室で待ちました。四時間後、やっと医者が出てきました。「おめでとう」と言いながら。

一拍。

ルディ　西ドイツへ戻る途中の三日間、私はサラに言い続けました。「結婚しよう、結婚してくれ」と。何度も、何度も。

ルディ　西ベルリンに戻ってからも、私たちの言い争いは続きました。アパートではヘルマンからの手紙が私の帰りを待っていました。彼、ラインハルト財団経由で私の居所を突き止めたようです。読まずに処分してしまおうと思いました。その間もサラは、なぜ結婚したくないのか、なぜ赤ん坊が欲しくないのか、しきりに説明していました。

一拍。

サラに照明が当たる。そこはルディのアパート。

サラ　（百回も繰り返しているといった口ぶりで）あたしたち、赤ちゃんは作れないの。
ルディ　（同じく）どうして。もう出来ちまってるんだ。
サラ　結婚して、赤ちゃんを産む？　できないわ、そんなこと。
ルディ　どうしてさ。僕らホテルでは夫婦で通したじゃないか。それがどうして――
サラ　あたし、ウエディングドレス着られないもの。
ルディ　そんなもの着なくたっていい。役所に行ってサインしさえすりゃ――
サラ　大きなガウンでも引っ掛けないとね。
ルディ　着たいのかい、ウエディングドレス？

サラ　ええ。
ルディ　解った。じゃあ、探す。
サラ　どうやって？
ルディ　お店に行って、正直に白状する。ガールフレンドに赤ちゃんが出来ちまったんで、何とか目立たないようなドレスを、って。

一拍。

ルディ　来週、いや今月中に結婚すれば、君の好きな、どんなドレスだってまだ着られる。
サラ　来週？　今月中？　あたし、ここへは夏休みを利用してきているのよ。九月になったらニューヨークの大学に戻って……（独り言のように）なぜあたし、こんなところに来たのかしら——
ルディ　（サラの言葉にかぶせて）サラ！
サラ　ニューヨークでだって夏は過ごせたのに。
ルディ　君はそうしなかった。ここに来た。それは、君が来たかったからだ。
サラ　そんなの結婚の理由にならない——
ルディ　僕は赤ん坊が欲しい——
サラ　赤ん坊の話じゃない。これよ！

ルディ　え？
サラ　これ！　このアパートよ。このコレクションよ。あなた、ユダヤ人のものばかり集めてる。そんな風に、興味や同情から結婚相手を選ぶのは間違いだわ。
ルディ　それは違う。僕は君を愛しているから、君と結婚したいんだ。
サラ　そうでしょうとも。
ルディ　君がユダヤ人だからじゃない。ユダヤ人の女と結婚したいってだけのことなら、他にだって——
サラ　そんなこと、どうして分かるの？　あなた、他のユダヤ人女性と——
ルディ　サラ——
サラ　他のユダヤ人女性と会ったこともないくせに。ニューヨークに来てみたら？　そのうえでなら——
ルディ　じゃあ、君の方はどうなのさ。君だって身の回りにはドイツ関係のコレクションばかり。ナチの勲章とか、徽章とか——
サラ　だからこそよ、あたしたち二人は……

一拍。

サラ　（静かに）あたしたち二人の間にあるのは、言ってみれば好奇心のようなもの。

ルディ　一見、愛に似ているけど、でも――
違う、サラ！　僕は「君」を愛しているんだ。誰が見たって君はきれいだ……
だけど、それが……（サラから目をそらし、自嘲気味に）ああ、君の言うとおり
かもしれない。君が、あの、資料室で会った厚化粧のオーストリア人ばあさん
だったとしても、僕は君を愛したかもしれない。君がユダヤ人であるというだ
けの理由でね。

一拍。

サラ　そう。あたしがユダヤ人であるってことが好きなのよ、あなたは。
ルディ　それもある。だけど君そのものを愛しているというのも事実だ。

一拍。

サラ　あたしの父、あたしがここに来るのには反対だった。パリだろうとエルサレム
だろうと、好きなところへ行ったらいい。だが、ドイツだけはダメだ。なんで
あのドイツ人のために金を使わなきゃならないんだ。そう言ってたわ。そんな
父に、何て言って電話したらいいの？

ルディ　そうか……電話しにくいからか――
サラ　もちろん、それだけじゃない――
ルディ　僕が傍にいてあげる。すぐ電話してくれ。ダイヤル、回してあげる。

ルディ、電話を手に取る。

サラ　いやよ。やめて！
ルディ　（ダイヤルしながら）思い切って電話してしまえば――
サラ　やめて！

ルディ、ダイヤルの手を止める。

サラ　母が同じことをしたの。父を置き去りにしたのよ。あたしにも、電話で父に言えっていうの？「あたし、パパの大嫌いなドイツ人と結婚する」って？
ルディ　僕だったら、そんな風には言わない。
サラ　じゃあ、どう言えばいいの？

一拍。

ルディ　そうか。君のお母さんは……お父さんを捨てたのか。
サラ　違う。

一拍。

サラ　（固い口調で）手首を切ったの。バスタブの中で。ニューヨークのアパートの。父を置き去りにしたのよ。

一拍。

サラ　（引き続き固い口調で）鬱《うつ》になっていたのね。

一拍。

サラ　（同じく）父がそれを見つけて――

一拍。

サラ　あの年、どういうわけか蝿《はえ》が大量発生してね。アパートの食品棚は蛆《うじ》だらけ。小麦粉にも、シリアルにも、野菜にも、蛆がいっぱい。でも、母はそんな食べ物を捨てようとしないで、そのまま、この私に食べさせようとするの。あたしも、母親になったら、同じようにするかもしれない――

ルディ　サラ――

サラ　あなただってどんな父親になるか分からないわ。生まれた子が金髪じゃないからといって、片輪だからといって、憎いからといって、汽車に乗せてしまうかもしれない――

ルディ　（サラを押し留めて）サラ……！

サラ　あたしたち、おそろしい、とんでもない夫婦になるかもしれない。

ルディ　サラ。

ルディ、サラをそっと抱く。

ルディ　サラ。

一拍。

ルディ　ポズナンの、[19]天井の壁紙が剥《は》がれているような安ホテル。寝つけない僕は君をスケッチした。何時間も、何時間も。君の手をトレースしながら、時々筆を止める。君が目を覚ましやしないかと気になってね。

サラ　（物静かに）あたしたちユダヤ教の教会で結婚することもできないでしょうしね。係の人たちが——

ルディ　君の指は長くしなやかだ。その先にある小さな爪。透《す》けて見える血管はとても青い。

　一拍。

ルディ　君は僕を愛してる。間違いなく。

　一拍。

サラ　電話、ちょうだい。

　ルディ、電話機をサラに渡す。

サラ、ダイヤルする。
ルディは客席に向き直る。

ルディ サラの父親は……やはり、反対でした。（笑う）この結婚にはいっさい関わりたくない、ニューヨークには来てくれるな、ということでした。でも結局は、サラの叔母さんと、式の一週間前、西ベルリンへ出向いてきてくれました。

一拍。

ルディ ただし、ホテルから一歩も外に出ないんです。サラとも口をききませんでした。そんな父親と一緒にいるのが気詰まりなサラは、日中、ずっと私のアパートに来ていました。

一拍。

ルディ 言うまでもなく私は、心の中で格闘していました。これ以上サラを苛立《いらだ》たせたくなかったので、私の父については、何も切り出せないでいたのです。切り出せないどころか、嘘の上塗《うわぬ》りまでする有り様《あさま》でした。毎月ラインハルト財団から入ってくるお金は父の事故死に対して出る保険金なんだとか、ストラスブール[*20]に住んでいる残りの家族とはあまり近しくしていないんだとか。

一拍。

ルディ　結婚式は朝のうちに、最小限の人たちだけを招《よ》んで手早く済ますようにアレンジしました。もちろんサラはそれに不満でした。花婿《はなむこ》の側からも誰か出てもらって欲しいと言って。

一拍。

ルディ　そして実際には……

一拍。

ルディ　結婚式まで、あと二日という日でした。ホテルの部屋にはサラのウエディングドレスが椅子に掛かっていました。皺にならないように、ばっさりと……ヘルマンが私のアパートに突然やってきたのです。

ルディのアパートに照明が当たる。ヘルマンとサラが立っている。二人ともウイスキーのグラスを手にタバコを吸っている。ルディは、たった今、部屋に入ってきたばかり。

三人、一瞬、お互いを見つめ合う。

ルディ　ヘルマン！

ヘルマン　やあ、ルディ。太ったな、おまえ。子供のころは――

ルディ　こんなところで何をしてるんだ。サラには会ったんだね。（サラに）サラ、僕の幼友達《おさなともだち》のヘルマン……

ルディ、サラを見て、喋るのをやめる。

一拍。

ヘルマン　うん、サラはここで僕の相手をしててくれた。「君の」アパートのドアを開けてくれてね。君のウイスキーも、二人で飲ませてもらってる。

一拍。

ヘルマン　ヨーロッパを当てもなく旅してるんだ。駅から駅へ、安ホテルから安ホテルへ。ふと、西ベルリンへ行ってみよう、君に会えるかもしれない、そう思ってね。六年、いや七年ぶりかな――

サラ、突然、出て行く。

ルディ　（サラの後姿に）サラ！

ルディの鼻先でドアがばたんと閉まる。

ヘルマン　うん、こうなるだろうとは思ってた。彼女、十五分ほど、落ち着いて、しっかりと話を聞いていてくれたよ。そこへ君が帰ってきたんだ。

一拍。

ヘルマン　かわいそうに。

一拍。

ヘルマン　彼女、君のオヤジさんは死んだと思ってる。他にもいろいろ……君がパラグアイで育ったってことも知らなかったようだ。ごめん。俺、口を滑らせちゃってね。パラグアイで幼友達だったんだとかさ。それがもとで、いろいろ……へんな雰囲気になってね。俺、君が名前を変えてたのは知ってたよ、オットー・ヘンリックなんだろう、いまは、え？

ルディ　ああ。

ヘルマン　でも、オヤジさんを殺しちまったのまでは知らなかった。

一拍。

ヘルマン　君のオヤジさん、元気にやってるよ。むかし住んでたところで、そのままね。何人かは国を替えた。だが、君のオヤジさんは、まだあそこにいる。俺のオヤジと違ってね。

一拍。

ルディ　（心ここにあらずの態で）君のオヤジさんは、他所《よそ》へ移ったのか。
ヘルマン　（冗談めかして）交通事故でね。
　一拍。
ヘルマン　悪い……肺炎だよ。入院したんだが、病院でベッドから落っこって、昏睡《こんすい》状態。そのまま死んだ。「骨はベルリンに埋めて欲しい」遺書にそう書いてあった。だから、俺、灰はみんな家のプールに撒《ま》いてやった。出てくる前にね。
　一拍。
ヘルマン　ベルリンに来てみても、もうサラみたいな人はそんなにいない……君はユダヤ人と……オヤジさんには何も言ってないんだろう？
　一拍。
ヘルマン　いい人のようだね。おめでとう。まあ……

一拍。

ヘルマン　彼女が君を許すようだったら、俺、タキシードをレンタルするよ。

一拍。

ヘルマン　俺もドイツが好きになった。君が居座っちゃったの、よく解るね。ここで、戦争の遺物《いぶつ》と一緒に、そのときを待つってのも、一法《いっぽう》かもしれない。

ヘルマン、その腕をルディの肩に回す。
ルディは無反応。

ヘルマン　パラグアイが懐《なつ》かしくなるなんてことはないのかい？

一拍。

ヘルマン　ない？　俺に会えて嬉しいってことも？

一拍。

ヘルマン　そうだよな。だから出て行ったんだものな。

ヘルマンに当たっていた照明が消え、ルディはまた観客に語りかける。

ルディ　私はサラのホテルに行きました。サラは一人、部屋にいました。スーツケースを前に……荷造りをしてました。

ルディ、いったんは情景の中に入り込むかのような動きを見せるが、すぐ、客席に向き直って。

ルディ　私、本当の名前を皆さんに明かしてませんでしたよね？（軽く笑って）明かしたくはないんですが……改めて自己紹介をします。

ホテルの部屋で荷造りをしているサラに照明が当たる。
長い間。
ルディはサラの方に視線を向けられない。

サラ　ルドルフ・クラウゼナー。

一拍。

サラ　あなたのお父さんはＳＳ所属の軍医で、アウシュヴィッツにいた。そしてあなたの本当の名前はルドルフ・クラウゼナー。そうなのね？
ルディ　（やっと聞こえるぐらいの小声で）そう。
サラ　ルドルフ。
ルディ　（頷く）ルディ。

一拍。

サラ　そして、お父さんはパラグアイのどこかにまだ……あなたは、それがどこなのかを知っている。そうなんでしょう？
ルディ　……（頷く）

一拍。

サラ　あたし、帰ります。父と一緒に、ニューヨークへ。
ルディ　サラ、お願いだ――
サラ　あなたと……ここにいるわけにはいきません。
ルディ　（小声で）赤ん坊は――
サラ　（怒りを爆発させて）赤ん坊！　赤ん坊！　どうしたらいいって言うの？
ルディ　サラ、座ってくれ。

ルディ、サラに歩み寄ろうとする。サラは身を引く。

ルディ　お願いだ、座ってくれないか。そして聞いて欲しい。僕は心底、君を愛している。
サラ　そうよね、あたしを愛している。赤ん坊も。そう言いたいんでしょう？
ルディ　サラ――
サラ　どこにいるのか知ってるんでしょう？　パラグアイの？

一拍。

サラ　国際的なマンハントが続いているのよ……それなのに……

一拍。

サラ　（落ち着きを取り戻して）ヘルマンって、いい人ね。誠実で。本当のことを言ってくれた。あの人のお父さんは誰なの？

一拍。

サラ　あたし、帰ります。今すぐ、父と一緒に。

一拍。

ルディ　サラ――

サラ　まだ間に合うわ。ニューヨークに知ってるお医者さんがいる。まだ、三ヶ月にもなってないし……

一拍。

ルディ　サラ。

サラ　（もの静かに）なに？

一拍。

ルディ　お願いだ……
サラ　あなたはあたしに話してくれなかった――
ルディ　……
サラ　あなたは――
ルディ　聞いてくれ、サラ。子供のころ、父は僕に何も話してくれなかった……収容所のことについては。僕が君に初めて会ったときにも、僕は――
サラ　お父さんがあなたに嘘をついた。だから、あなたも私に嘘をついていいとでも言うの？

一拍。

サラ　なぜ？……なぜ？……なぜなの？　あたしにこんな嘘を――
ルディ　謝る。どうしても、切り出せなくて――
サラ　お父さんは死んだなんて――

ルディ　本当に謝る。そう言わざるを得なかったんだ。父は戦争犯罪人で、パラグアイで身を隠している。そんなこと、どうしても――

一拍。

サラ　やっぱりあなたはお父さんの息子。お父さんを愛しているのよ。（ルディから顔をそむけて）そうよ。そうなのよ。
ルディ　それは違う！
サラ　あたしたち、アイヒマンの話をしたことがあったわね。
ルディ　サラ――
サラ　あなたは平気で受け応えしてた。
ルディ　うん、それは――
サラ　あたしの母がまだ生きてたら――
ルディ　電話する。もし、電話して、父の居所を当局に知らせたら……アイヒマンのように、父を当局に引き渡したら……そうしたら、許してもらえるだろうか？

一拍。

ルディ　（静かに、真剣に）そうしたら、許してもらえるかい？

一拍。

サラ　分からない。あたし、何もかもが分からなくなってしまった。どうして、あたしが……

一拍。

サラ　あなたが密告をする……お父さんはエルサレムに連れてゆかれ……裁判にかけられる。

一拍。

ルディ　そうなったら、赤ん坊を……？

サラ、ルディを見つめる。

ルディ　待って欲しい、お願いだ。一週間だけでいい。どういうことになるのか見極めがついたら、ニューヨークの君に電話する。一週間だけ待ってくれないか。

一拍。

ルディ　サラ？

一拍。

ルディ　サラ？

一拍。

サラ　あたし、分からない。どうしたらいいのか……ルディ？

サラ、両手を差し出してルディに歩み寄る。
ルディがその手を取ろうとした瞬間、サラは気持ちが変わり、ルディに背を向ける。
サラに当たっていた照明が消える。

ルディ　お解りいただけましたでしょう？　ご覧のとおりです。

一拍。

ルディ　私はイスラエルの当局、モサッド[*21]というんですが、そこへ電話をしました。何人ものお役人が入れ替わり立ち替わり出てきました。その度に父の居所を詳しく教えたのですが、分かったのは「引き渡し」には長い長い手続きが必要だということだけでした。（笑う）一週間なんてとんでもない。手続きには一年、いえ、数年掛かりそうでした。それで私は……

一拍。

ルディ　父は戦争犯罪人です。

一拍。

ルディ　でも、父は父です……私の父です……そういうわけで、私は……

ルディ、スーツケースからピストルを取り出す。

ルディ　これ、税関で見つかってしまいましてね。例の、絆創膏を指に巻いていた税関吏に。いくらか摑ませて、見逃してもらいました。そういう国なんです、パラグアイってところは。

一拍。

ルディ　母はどこにいるのかな？　二階かな？　それとも買い物にでも？

一拍。

ルディ　そう、後は中へ入って……実行するだけです。

ルディ、心を奮い立てて書斎へ入ってゆこうとする。
が、一瞬くじけて、タバコに火をつけようとする。
手が震えてつけられない。

タバコとライターを放り捨てる。

ルディ　助けになりませんね、タバコなんて。

一拍。

ルディ　こうする以外に……問題の解決はないんです。

一拍。

ルディ　そうでしょう?

一拍。

ルディ　こうして初めて、私は家族のもとに戻れるんです。

一拍。

ルディ　見苦しい光景でしょうが……

一拍。

ルディ　これ以外に道はありません。そうでしょう？

一拍。

ルディ　そうでしょう？

一拍。

ルディ　違いますか？

一拍。

ルディ　そうでしょう？

ルディ、ドアに行く。

もう一度客席を返り見る。
ひと呼吸おいて、ドアを開ける。
ピストルをこめかみに当てる。
暗転。

完

◉訳注

＊1　アスンシオン　南米中央部にある内陸国パラグアイ共和国の首都。人口約五十一万人。

＊2　“Deutschland, Deutschland...”「ドイツよ、ドイツよ、すべてのものの上にあれ、この世のすべてのものの上にあれ」。

＊3　“Die Morgenpost”「朝の郵便」。

＊4　アドルフ・オットー・アイヒマン（一九〇六―六二）ナチス・ドイツ親衛隊の隊員。最終階級は親衛隊中佐。「ユダヤ人問題の最終的解決」に関与し、数百万のユダヤ人を強制収容所へ送る指揮的役割を担った。戦後アルゼンチンで潜伏生活を送っていたが、イスラエルの諜報機関によって極秘逮捕され、エルサレムで公開裁判の後、死刑に処された。

＊5　ライナー・マリア・リルケ（一八七五―一九二六）オーストリアの詩人・作家。代表作に『ドゥイノの悲歌』、『マルテの手記』などがある。

＊6　ビート派　一九五〇年代の米国を中心に現われた、物質文明を否定し、既成の社会から脱しようとする若者たち。文学運動としても発展し、アレン・ギンズバーグ（一九二六―九七）やジャック・ケルアック（一九二二―六九）がその中心的存在となった。

＊7　サホニア　アスンシオン市内中心部のサホニア地区のこと。

＊8　ルドルフ・フランツ・フェルディナント・ヘス（一九〇〇―四七）ナチス・ドイツ親衛隊の将校。最終階級は親衛隊中佐。アウシュヴィッツ強制収容所の所長を務め、戦後、死刑に処せられた。

＊9　エドゥアルト・ヴィルツ（一九〇九―四五）アウシュヴィッツ強制収容所の医務長。さまざまな人体実験を

指示した。

＊10 『マックスとモーリッツ』 ドイツの画家・詩人のヴィルヘルム・ブッシュ（一八三二―一九〇八）により一八六五年に発表された絵本。ブラックユーモアに満ちた物語で、漫画芸術の元祖とも言われる。

＊11 ニュルンベルク ドイツ・バイエルン州にある都市。第二次世界大戦後、ドイツによって行なわれた戦争犯罪を裁く軍事裁判がここで開かれ（一九四五―四六）、東京と並んで二大国際軍事裁判の地となった。

＊12 ヴァンゼー ベルリン郊外にある湖畔の高級住宅地。一九四二年、十五名のナチ党高官とドイツ政府の役人が、いわゆる「ユダヤ人問題の最終的解決」の実施について会議を行なった土地として有名。

＊13 ヨーゼフ・メンゲレ（一九一一―七九） ドイツの医師。ナチス・ドイツ親衛隊将校。アウシュヴィッツ強制収容所の囚人に人体実験を繰り返し行なった。人種淘汰、人種改良、人種の純潔、アーリア化を唱えるナチス人種理論の信奉者。

＊14 ベルリン自由大学 ベルリン最大の総合大学。冷戦の初期、ソビエト連邦占領当局による統制が強まっていたフリードリヒ・ヴィルヘルム大学ベルリンから学生や教授が離反し、一九四八年、西ベルリンに設立された。自由大学の名称はそんな経緯に由来している。

＊15 アウトバーン ドイツ全土からオーストリア、スイスにも及ぶ高速自動車道。速度制限のない区間があることで有名。

＊16 ブランデンブルク部隊 第二次世界大戦時のドイツにおける特殊部隊。種々の専門技能を持ち、外国語にも精通した隊員で構成され、ドイツ陸軍の各地への侵攻を容易に導いた。

＊17 二級鉄十字章 敵前における勇敢にして英雄的な行動に対して贈られるドイツの勲章。一八一三年のナポレ

オン戦争時プロセイン国王によって制定されたが、第二次世界大戦時ヒトラーが再制定して利用した最低級の軍事勲章。一級上の勲章に一級鉄十字章がある。

＊18　クラクフ　ポーランド南部に位置する古都。人口約七十六万人。十七世紀初頭のワルシャワ遷都まで首都として栄える。

＊19　ポズナン　ポーランド西部に位置する古都。人口約五十五万人。ポーランド王国最初の都市だった。

＊20　ストラスブール　フランス北東部の都市。人口二十七万人。ライン河を隔ててドイツに隣接している。

＊21　モサッド　イスラエル諜報特務庁。首相府管下にあり、対外諜報活動と特務工作を担当する。情報収集、秘密工作、対テロリズム活動、逃亡している元ドイツ戦犯の捜索などを行ない、世界中に拠点を有する。「モサッド」という言葉はヘブライ語で組織・施設・機関を意味する。

タラゴン・シアターの舞台から（2007 年初演）© Cylla Von Tiedemann

訳者あとがき

ハナ・モスコヴィッチはカナダ演劇界に突如《とつじょ》、彗星《すいせい》のように現われた若手女流劇作家です。その長編処女作「ベルリンの東」が二〇〇七年トロントの名門劇場タラゴン・シアターで初演されたときには、「カナダ演劇界の神童」（カナダ官営放送CBC）、「ひりひりするような才能」（週刊誌『アイ』）、「カナダで最もホットな劇作家」（日刊紙『グローブ・アンド・メイル』『ナショナル・ポスト』）などと、各種メディアからの絶賛を浴び、トロント演劇界最高の栄誉である「ドラ・メイヴァー・ムーア賞」にも輝きました。

その後、同じタラゴン・シアターによる再演、再々演（二〇〇九年、二〇一〇年）を経て「ベルリンの東」上演の輪は、カナダ各地のみならずオーストラリア、アメリカ、イギリスへも広がって行きました。

そして二〇一五年二月には日本でも名取事務所制作、小笠原響演出、第二十五回下北沢演劇祭参加の形で「劇」小劇場にて上演され、最終日は満員札止めとなる盛況でした。この好評に応えて同事務所は二〇一七年に本作を再演の予定です。

名取事務所の舞台から（2015 年）／同事務所提供
上下ともに、左：佐川和正（ルディ）、右：森尾舞（サラ）／撮影：坂内太氏

名取事務所の舞台から（2015年）／同事務所提供
左：西山聖了（ヘルマン）、右：佐川和正（ルディ）／撮影：坂内太氏

また名取事務所はハナ・モスコヴィッチに同事務所向け新作の執筆も依嘱《いしょく》、二〇一七年に再演版「ベルリンの東」と二本立てで上演の計画です。依嘱した新作のテーマは「ヒロシマ／ナガサキ」。「ベルリンの東」で、ホロコーストを斬新《ざんしん》な視点から取り上げたハナ・モスコヴィッチが、広島・長崎の原爆禍《か》をどんな目で見るか、興味あるところです。

ハナ・モスコヴィッチは一九七九年カナダ・オンタリオ州オタワの生まれ。父親はルーマニア・ウクライナ系のユダヤ人で社会政策を教える大学教授、母親はイギリスとアイルランドの血を引く労働問題研究者と、いずれも左翼的傾向の強い社会活動家です。

そんな家庭環境のもとで育ったハナは二〇〇一年にカナダ国立演劇学校を卒業。その後、ウエイトレスのアルバイトをしながらトロント大学で哲学と英語学を履修。現在は前出タラゴン・シアターの座付き作家（**Playwright in Residence**）となっています。

これまでに発表されたハナ・モスコヴィッチの戯曲は、「ベルリンの東」のヒット以前に書かれていた短編二作を含め、十本を超えています。就中《なかんずく》、注目されたのは「これが戦争だ」（**“This is War”**）です。二〇一三年、これまたタラゴン・シアターで初演された同作は、アフガニスタン戦線に派遣されたカナダ陸軍の兵士たちの姿を、英雄譚《たん》としてではなく、殺戮《さつりく》のストレスに心を病む若者たちの心象風景として描いているのが特徴。四人の兵士が尋問官のインタビューに答えながらそれぞれの行状《ぎょうじょう》を回顧する劇構造は、黒沢映画『羅生門』を彷彿《ほうふつ》とさせるものでした。

「ベルリンの東」にしろ「これが戦争だ」にしろ、ハナ・モスコヴィッチの作品に共通する特徴は、社会性のあるテーマをしなやかな技法で形象化し、その主張するところをすんなりと観客の心に届ける点にあるかと思います。

ところで、第二次世界大戦当時ベルリンに住んでいたユダヤ人にとって、『東』という言葉には特別な意味があったようです。それというのも、『東』はナチスの隠語でアウシュヴィッツを意味し、「東に送る」といえば「死の収容所へ送致する」ことの婉曲表現だったからです。この作品のタイトルを『ベルリンの東』としたのは、そんな理由によるものだとハナ・モスコヴィッチは言っています。

なお、今般出版されることとなった日本語版『ベルリンの東』は、タラゴン・シアターが本作を初演した時の上演台本をベースに翻訳されています。加えて、名取事務所による日本語上演に際して行なわれたテキストレジー（演出的観点から行なわれる台詞の変更）をも勘案。プレイライツ・カナダ・プレスから最近出版された本作の英語原本とは若干の差異がある点、申し添えます。

吉原 豊司

◉著者紹介◉

ハナ・モスコヴィッチ (Hannah Moscovitch, 1979-)

カナダ・オンタリオ州のオタワに生まれる。父親はルーマニア・ウクライナ系ユダヤ人で、社会政策を教える大学教授。母親はイギリスとアイルランドの血を引く労働問題研究者。2001年にカナダ国立演劇学校を卒業後、トロント大学に移って哲学と英語学を専攻。代表作は本作「ベルリンの東」。2007年にトロントの名門劇場タラゴン・シアターで初演されたこの作品で、ハナ・モスコヴィッチはカナダ演劇界に鮮烈なデビューを飾り、現在カナダで最も将来を嘱目される劇作家となっている。その後の作品としては、アフガニスタン戦線に派遣されたカナダ人兵士たちの日常を描いた「これが戦争だ」(“This is War” 2012)など、社会性の強い秀作を発表している。

◉訳者紹介◉

吉原 豊司(よしはら・とよし)

1960年早稲田大学卒業。70年、住友商事駐在員としてカナダに渡航。以後40年カナダに在住し、仕事の傍ら日加演劇交流に注力。カナダ戯曲の邦訳45本、日本戯曲の英訳5本、日本劇団のカナダ巡演プロデュース等の実績を持つ。2000年、住商退職後、カナダ・アメリカ戯曲専門の演劇制作集団「メープルリーフ・シアター」の創設に参画。同年カナダ・マクマスター大学名誉文学博士。02年、第9回湯浅芳子賞受賞。13年、カナダ演劇対日紹介の功でオーダー・オブ・カナダ(カナダ勲章)受勲。訳書に『7ストーリーズ』、『洗い屋稼業』、『やとわれ仕事』、『ご臨終』、『サラ/ハイ・ライフ』(湯浅芳子賞受賞)、『カナダ戯曲選集(上・下)』等(以上、彩流社)。

カナダ現代戯曲選《げんだいぎきょくせん》　ベルリンの東《ひがし》

2015年8月1日 発行　　定価はカバーに表示してあります

著　者　ハナ・モスコヴィッチ

訳　者　吉　原　豊　司

発行者　竹　内　淳　夫

発行所　株式会社　彩　流　社

〒102-0071　東京都千代田区富士見2-2-2

電話　03-3234-5931　FAX　03-3234-5932

http://www.sairyusha.co.jp

sairyusha@sairyusha.co.jp

印刷　明和印刷㈱

製本　㈱難波製本

装幀　　虎尾　隆

落丁本・乱丁本はお取り替えいたします

ISBN978-4-7791-2057-2 C0097

7ストーリーズ

978-4-88202-858-1 C0097(03.12)

7階でおきた7つの物語　モーリス・パニッチ著　吉原豊司訳

一体、いつになったら飛べるんだろう……？　アパートの7階。飛び降りようと身構える一人の男。すると傍らの窓が開いて痴話喧嘩中の男女が登場、男を巻き込んでの大騒ぎに……。人気のカナダの気鋭劇作家が放つブラック・コメディ！　四六判上製　1500円＋税

ご臨終

978-4-7791-2056-5 C0097(14.10)

カナダ現代戯曲選　モーリス・パニッチ著　吉原豊司訳

何十年も音信不通だった一人暮らしのおばから突然、危篤の報せが届く。仕事を辞めて臨終に駆けつけた甥だったが、なかなかお迎えが来ない……。一年におよぶ老女と中年男の奇妙な共同生活を描くブラック・コメディ！　四六判上製　2000円＋税

洗い屋稼業

978-4-7791-1645-2 C0097(11.09)

カナダ現代戯曲選　モーリス・パニッチ著　吉原豊司訳

高級レストランの地下。陽もあたらぬ穴倉でひたすら汚れた皿を洗う男たち。カナダの人気劇作家が、格差社会の底辺を描く現代版「どん底」。「このレストランが繁昌するかは、我々にかかっているんだ！」「ここは這い出せない蟻地獄ですよ……」　四六判上製　1500円＋税

やとわれ仕事

978-4-7791-1646-9 C0097 (11.09)

カナダ現代戯曲選　フランク・モハー著　吉原豊司訳

8年間勤めた工場をリストラされた若い男。今の生活から抜け出したいと思いながら、日々、仕事に向かうその妻。認知症がはじまった数学者の老婦人。若者の就職難、独居老人の行く末をカナダ人ならではの温かい目で描き出す。　四六判上製　1500円＋税

カナダ戯曲選集（上）（下）

978-4-88202-515-3, 585-6 C0397(99.04, 06)

カナダの文学　（上巻）ポーロック＆チスレット（下巻）リガ＆マレル著　吉原豊司編訳

上巻：若い女性の悲劇「血のつながり」（シャロン・ポーロック）とコメディ「トゥマロー・ボックス」（アン・チスレット）、下巻：音楽劇「リタ・ジョーの幻想」（ジョージ・リガ）と反戦劇「パレードを待ちながら」（ジョン・マレル）の各2編。　四六判上製　各2200円＋税

サラ／ハイ・ライフ

978-4-88202-744-7 C0397(02.06)

カナダの文学　別巻Ⅲ　ジョン・マレル／リー・マクドゥーガル著　吉原豊司編訳

カナダ演劇の傑作登場！ 稀代の名女優サラ・ベルナールを主役に配した「サラ」と4人のジャンキーたちの生き様を描いた「ハイ・ライフ」。カナダ演劇界の重鎮J.マレルと気鋭の劇作家L.マクドゥーガルが繰り広げるエンターテインメント。第9回湯浅芳子賞受賞。　四六判上製　2200円＋税